Gabriel Senac de Meilhan

Une préface aux Annales de Tacite

Anatiposi

Gabriel Senac de Meilhan

Une préface aux Annales de Tacite

Réimpression inchangée de l'édition originale de 1868.

1ère édition 2023 | ISBN: 978-3-38220-600-0

Anatiposi Verlag est une marque de Outlook Verlagsgesellschaft mbH.

Verlag (Éditeur): Outlook Verlag GmbH, Zeilweg 44, 60439 Frankfurt, Deutschland
Vertretungsberechtigt (Représentant autorisé): E. Roepke, Zeilweg 44, 60439 Frankfurt, Deutschland
Druck (Imprimerie): Books on Demand GmbH, In de Tarpen 42, 22848 Norderstedt, Deutschland

UNE PREFACE

AUX

ANNALES DE TACITE

ACADÉMIE DES BIBLIOPHILES

Société libre

POUR LA PUBLICATION A PETIT NOMBRE DE LIVRES RARES
OU CURIEUX.

—

DÉCLARATION.

« Chaque ouvrage appartient à son auteur-éditeur. La
« Compagnie entend dégager sa responsabilité collective des
« publications de ses membres. »

(Extrait de l'art. 4 des Statuts.)

—

JUSTIFICATION DU TIRAGE.

430 exemplaires sur papier vergé.
10 exemplaires sur papier de Chine.

N° *205*

UNE PRÉFACE

AUX

ANNALES DE TACITE

PAR

SENAC DE MEILHAN

Publiée avec un mot d'Avertissement

PAR

C.-A. SAINTE-BEUVE
de l'Académie française

ET SUIVIE D'UNE LETTRE DU PRINCE DE LIGNE
A M. DE MEILHAN

PARIS
ACADÉMIE DES BIBLIOPHILES

M DCCC LXVIII

AVERTISSEMENT

Senac de Meilhan est plus apprécié de loin et plus connu de nom que lu et que répandu par ses écrits mêmes, qu'on ne réimprime pas. Des plus distingués comme administrateur et comme peintre de mœurs sous le règne de Louis XVI, il eut surtout une réputation de grand monde et de société : la Révolution y coupa court et le jeta dans l'exil. Pendant ce séjour à l'étranger, il acheva de prendre rang comme écrivain par de piquants ouvrages, des portraits, des romans, etc. Cependant tout cela ne pénétrait qu'imparfaitement en France, et lui-même étant mort dans l'émigration, il n'eut jamais les honneurs de son esprit et de son talent. Ce ne sont encore que les curieux qui le recherchent aujourd'hui. Le nombre en est augmenté depuis quelque temps. On est très-disposé à goûter la finesse de ses aperçus, la justesse et quelquefois la hardiesse de son coup d'œil, ses jugements pénétrants des hommes et des choses. On donne volontiers raison au prince de Ligne, lorsqu'il disait : « Dans les penséesde M. de Meilhan, il y a des traits de feu qui éclairent toujours, et des fusées qui vont plus haut qu'elles ne font de bruit. »

M. de Meilhan s'était exercé, dans la première partie de sa vie, à traduire les Annales *de Tacite, une double école de politique et de style. Il en publia les deux premiers livres en 1790. C'était à la fois de l'à-propos et du contre-temps : — de l'à-propos, parce que Tacite reprenait tout son sens profond à la clarté des événements nouveaux ; — du contre-temps, parce qu'on jouissait bien peu alors de cette liberté d'esprit qui seule eût permis d'être attentif à un tel essai littéraire et de rendre justice aux efforts méritoires du nouveau traducteur. Cependant M. de Meilhan avait mis en tête de sa traduction une Préface qui est un de ses meilleurs morceaux. Il y appréciait tout naturellement d'abord son auteur, le plus grand peintre d'histoire, et cet exa-*

men le conduisait à marquer la différence de la société moderne à l'ancienne, l'amoindrissement qu'il n'hésitait pas à y voir dans les caractères et dans les âmes. Il était amené non moins naturellement à citer le cardinal de Retz et à le mettre en regard de Tacite, en ayant soin toutefois de distinguer entre la valeur morale des deux personnages ; mais le rapprochement politique était des mieux indiqués. Tacite et le cardinal de Retz sont, en effet, un double bréviaire à porter avec soi en des temps de révolution. Cette Préface de M. de Meilhan se termine par une vue que je signale et qui était presque alors, à sa date, une prédiction. M. de Meilhan paraît craindre que l'imprimerie et tout ce qu'elle amène avec elle sous un régime d'entière

*publicité et de liberté ne serve bien
moins à favoriser le génie et les
grandes œuvres qu'à exciter le goût
de la malignité, de la raillerie, de la
chronique satirique, à propager les
productions du genre de celles dont
il était déjà témoin en 1790, à cette
seconde année de la Révolution. J'es-
père que cette vue, qu'il ne met d'ail-
leurs en avant que comme un aperçu
lointain, ne se trouvera pas vérifiée
dans l'avenir des sociétés libres et dé-
mocratiques. Il n'est pas moins vrai
que cette Préface de M. de Meilhan
est un morceau de prix, digne d'être
conservé; et comme ce premier vo-
lume des* Annales de *Tacite, traduit
par lui, est devenu à peu près introu-
vable* (1), *nous avons pensé qu'il n'était*

(1) J'ai dû l'exemplaire qui m'a servi pour cette
réimpression à M. Biston, avocat à Châlons-sur-

pas indigne de l'Académie des Bibliophiles de vouloir bien autoriser et patronner la réimpression du Discours préliminaire. Que cette Académie, qui avait bien voulu déjà accueillir de nous un autre opuscule, reçoive ici tous nos anciens et nos nouveaux remerciements, aujourd'hui que nous ne sommes qu'éditeur.

SAINTE-BEUVE.

Marne, et petit-neveu d'Antoine-Joseph Biston qui était secrétaire du cabinet de M. de Meilhan dans l'intendance de Valenciennes, et qui, au départ de son chef et patron, fut présenté et agréé en qualité de subdélégué général (juin 1790 — juin 1791).

PRÉFACE

MISE EN TÊTE DE LA TRADUCTION

DES

ANNALES DE TACITE

'AI longtemps étudié Tacite par goût et sans projet. Familiarisé avec sa manière de s'exprimer, j'ai ensuite tenté de faire passer ses idées dans notre langue, en défigurant le moins qu'il me serait possible son style. En relisant ma traduction à côté du texte, la plume m'est souvent tombée des mains, et j'ai abandonné l'ouvrage. Je lisais les traducteurs et je reprenais courage. L'abbé de La Bletterie a entendu parfaitement Tacite, mais il omet quelquefois des parties de son texte, et des·expressions·triviales et bourgeoises ne permettent pas de reconnaître la pensée de l'auteur. Au style le plus nerveux il substitue un jargon ridicule, et l'on voit souvent dans sa traduction un pédant de collége qui veut prendre le langage d'un homme du monde. Ce traducteur avait une profonde connaissance de l'antiquité, et le supplément qu'il a fait au cinquième livre des *Annales* en est une preuve. C'est le goût et non le savoir qui a manqué à l'abbé de La Bletterie.

D'Alembert a choisi les morceaux les plus saillants, et s'est cru appelé à traduire Tacite, parce qu'il s'était fait un style

haché et sentencieux : il a pris sa sécheresse pour de la précision ; sa traduction
manque de vie et de couleur ; elle est
souvent infidèle (1), et quelquefois il

(1) Tacite, au commencement du premier Livre,
dit : « Pauca de Augusto et extrema tradere, mox
Tiberii principatum et cætera, sine ira et studio,
quorum causas procul habeo. » M. d'Alembert traduit : « *J'écrirai donc en peu de mots la fin du règne
d'Auguste, puis celui de Tibère et les suivants, sans
fiel et sans bassesse; mon caractère m'en éloigne, et
les temps m'en dispensent.* »
Tacite ne parle point de *bassesse*, mais de *ressentiment* et d'*affection*, ce qui forme une opposition :
mais entre *fiel* et *bassesse* il n'y a nul contraste.
Enfin Tacite ne parle pas de son caractère; il dit que
les principes de la haine et de l'attachement sont
éloignés, c'est-à-dire que les princes dont il parle
sont morts depuis longtemps. Il ne dit pas que *les
temps l'en dispensent*.

Tacite dit, en parlant de Tibère et de son incertitude apparente pour accepter l'empire, qu'il finit
par céder aux vœux du Sénat : « Non ut fateretur
suscipi a se imperium, sed ut negare et rogari desi-
neret. » M. d'Alembert traduit : « Fatigué enfin...,
il parut se relâcher tant soit peu, non *pour se charger
expressément de l'empire*, mais pour mettre fin aux

2

paraît ne pas entendre le sens de l'auteur. Je n'entreprendrai pas à ce sujet de faire un traité sur l'art de traduire, pour justifier la manière dont j'ai rendu Tacite ; je me bornerai à dire que mon premier soin a été de ne rien omettre de sa

instances et à ses refus. » Ce n'est pas le sens ; et *se charger expressément* est une mauvaise expression.

Tacite, en parlant d'Auguste, dit : « Nihil deorum honoribus relictum, cum se templis et effigie numinum per flamines et sacerdotes coli vellet. »

M. d'Alembert traduit ainsi : « Les honneurs des dieux envahis par des temples et des statues, et par le culte qu'il (Auguste) forçait les prêtres à lui rendre. » On n'a jamais dit que des honneurs sont *envahis par* des temples. Aussi n'est-ce pas là ce que dit Tacite, mais qu'on n'a rien laissé aux dieux pour les honorer : *Nihil deorum honoribus relictum.* Il ne dit point qu'Auguste *a forcé* les prêtres, mais voulu, mais désiré être adoré par des prêtres.

En parlant de l'incertitude de Tibère pour les choix, Tacite dit : « Qua hæsitatione postremo eo provectus est, ut mandaverit quibusdam provincias, quos egredi urbe non erat passurus. » M. d'Alember

pensée, et ensuite de chercher les équi-
valents de ses expressions, lorsque la
langue ne m'en fournissait pas de sem-
blables; j'ai tâché enfin de trouver un
milieu entre la sécheresse d'une traduction littérale et la vague ressemblance de

traduit : « Il poussa l'indécision jusqu'à faire rester
dans Rome *des gouverneurs qu'il avait nommés.* » Le
véritable sens est, qu'il nommait des gouverneurs
qu'il ne comptait pas laisser sortir de la ville.

La phrase si belle et si connue de Tacite sur les
Germains : « *Nec corrumpere et corrumpi seculum
vocatur,* » est ainsi rendue par M. d'Alembert :
« Être corrompu ou corrompre ne s'appelle point le
train du siècle. »

Tacite dit, dans la *Vie d'Agricola,* que son exemple
apprend que, même sous de mauvais princes, avec
de l'obéissance et de la mesure, pourvu qu'on y
joigne des talents et de l'énergie, on peut arriver à
la gloire aussi haut que ceux qui ont cherché à s'il-
lustrer, hors des chemins frayés, par une mort ambi-
tieuse et inutile : «... Quo plerique per abrupta, sed
in nullum reipublicæ usum, ambitiosa morte incla-
ruerunt. »

D'Alembert traduit : « .... qu'une vertu *remuante*

l'imitation. Si l'essai que je publie obtient
le suffrage des personnes instruites, je ferai
paraître dans peu les autres livres des
Annales, les *Mœurs des Germains* et la *Vie
d'Agricola*. L'incertitude du succès m'a
seule empêché de donner la dernière main
à quelques parties d'un ouvrage qui exige
un aussi grand travail.

Il est impossible de connaître la diffi-

qui *fait* mourir avec orgueil, mais inutilement pour
la patrie. »

Tacite dit, en parlant de Poppée : « Rarus in
publicum egressus, idque velata parte oris, ne *satia-
ret* adspectum, etc. »

D'Alembert traduit : « *Elle sortait peu*, et toujours
le visage à demi voilé, pour ne pas rassasier les regards. »

L'expression triviale de *sortir peu* ne rend pas celle
de Tacite, si simple, si facile à traduire : « Elle se
montrait rarement en public. »

— (Telle est la critique de M. de Meilhan ; j'ai
dû la rendre plus claire sur un ou deux points. Malgré
tout, il charge un peu trop d'Alembert. — Note
de l'éditeur.)

culté de traduire Tacite, sans l'avoir tenté.
Son génie s'évapore à la traduction, et ses
phrases présentent l'image de ces foyers
ardents qui concentrent la lumière et le
feu. Les traducteurs ne saisissent que des
rayons ou des étincelles éparses qui n'ont
plus d'action : le plus habile est celui qui
sent tout ce qu'il fait perdre à ses lecteurs,
et qui, frappé des beautés de l'original,
reconnaît plus sensiblement l'impuissance
de la langue française. Je ne sais cependant si la langue seule diffère si considé-
rablement : l'esprit, la pensée de Tacite,
sont à une hauteur que n'ont pas même
atteinte ses contemporains, et les circonstances semblent avoir concouru pour dé-
velopper son talent. Le regret de la liberté
perdue, la tyrannie raffinée de Tibère, les
cruautés extravagantes de Néron, de Ca-
ligula, de Domitien, la corruption des
mœurs favorisée par l'excès du luxe, sont

des traits que présente l'histoire romaine à cette époque, et qui ont dû puissamment éveiller toutes les facultés d'un homme de génie, exciter toute l'indignation d'un homme vertueux. Il a trempé ses pinceaux dans les sombres couleurs du temps; et ceux qu'il a peints l'emportent autant sur nous en vertus et en crimes, que l'auteur sur les historiens qui l'ont suivi, par la vigueur de son style.

Une autre raison s'oppose encore à ce que les historiens modernes aient pu égaler Tacite, c'est la différence de position. Il avait passé par les plus grands emplois de la république, et avait été élevé au consulat. Quel avantage ne doit pas avoir un historien qui a vu d'aussi près les hommes en action, qui a été le confident nécessaire de leur ambition, connu leur bassesse, pénétré leur dissimulation, et qui a tenu dans ses mains les rênes de l'État?

Il est dans les affaires des circonstances que le génie seul ne peut apprécier, s'il n'est guidé par le flambeau de l'expérience ; il est dans les mœurs des hommes des traits qu'il ne peut saisir, sans les avoir vus dans ces moments de surprise où quelque intérêt pressant les force à la révélation. Un homme d'esprit qui aurait été pendant le plus court espace de temps dans le ministère aurait sur la bassesse des courtisans, sur les intrigues d'une cour, des idées plus justes que celles que la plus profonde réflexion pourrait lui suggérer, et il y aurait dans ses écrits un caractère de vérité et des détails frappants qui donneraient plus à penser que tout ce qu'il aurait pu écrire en suivant les lumières de son esprit.

Les gens de lettres qui ont écrit l'histoire n'étaient pas à portée de démêler les véritables ressorts des intrigues ; ils n'avaient pas l'expérience des affaires, et

n'ont pu les présenter sous leur véritable
point de vue. Les courtisans qui ont écrit
des Mémoires ont suivi leur passion; c'est
elle qui souvent leur a mis la plume à la
main; c'est dans l'indignation d'une disgrâce, et pour servir leur ressentiment,
que la plupart ont écrit; et beaucoup de
Mémoires ne sont que des satires ou des
apologies. D'autres, pénétrés de la gran-
deur d'un maître, les yeux fixés sur les
plus petites circonstances de sa vie habituelle, n'ont vu dans un grand empire
qu'une cour, des courtisans et des ministres; et ils ont cru que la postérité lirait
avec intérêt les détails qui les occupaient
tout entiers. Un philosophe qui a connu
un particulier asservi à une maîtresse pro-
digue ou impérieuse, un vieillard subjugué
par sa gouvernante, son valet de chambre
ou son confesseur, a pénétré dans l'inté-
rieur de Louis XIV, a connu les intrigues

de ses maîtresses; il a vu madame de
Maintenon et le Père Le Tellier. Mais Tibère, si profond en politique, si habile à
couvrir longtemps ses vices, sensible à
l'opinion publique et méprisant les hommes, haïssant la flatterie et s'indignant de
la plus légère résistance, Tibère n'est pas
un homme dont on trouve le semblable
dans un ménage de citoyens : le tableau
de ses vices, de ses qualités, ne peut con-
venir qu'à un empereur romain ; il faut
la scène du monde, celle du plus grand empire ; il faut un peuple éclairé, corrompu,
où toutes les passions fermentent, où les
âmes, exercées depuis plusieurs siècles par
l'habitude de sentiments profonds, ont ac-
quis une force qui rend capable des plus
sublimes vertus et des plus grands vices.

On trouve dans les temps reculés de
l'histoire de France des fureurs populaires,
de grands factieux, des actes cruels de

despotisme; mais le langage grossier de
ces temps, la barbarie des esprits, la stu-
pidité des peuples, ôtent tout intérêt à ces
révolutions : il semble égal de lire les mas-
sacres des Illinois. A mesure que la langue
française s'est perfectionnée, l'histoire
semble devoir présenter plus d'intérêt;
mais le pouvoir ayant fait les mêmes progrès a comprimé les caractères et donné
à presque tous les hommes une allure
égale et forcée. L'avancement des sciences
et des arts fixe plus alors l'attention du
lecteur que le caractère des personnages
éminents, plus recommandables par des
talents pour la guerre ou les affaires de
détail que par la vertu ou le génie politique. Le caractère, les passions, les vertus
de la plupart des grands hommes de nos
jours, n'offrent rien d'intéressant pour
l'histoire, et n'ont presque aucun rapport
avec les événemens; ce sont des gens à

talents plutôt que de grands hommes.
Quand on a décrit les campagnes du maréchal de Saxe, son histoire est achevée,
et ses qualités morales et toutes les circonstances de sa vie disparaissent aux
yeux de l'historien. Colbert a été pendant
un siècle mis au rang des grands hommes,
parce qu'on lui a supposé de grands talents ; ils ont séduit et fait oublier qu'il a
machiné sourdement la perte de Fouquet,
pour s'élever sur ses débris, qu'il l'a ensuite poursuivi avec acharnement ; ils ont
fait oublier sa barbarie fiscale (1) ; mais

(1) Il est dit, dans un Règlement de 1670, que si
les ouvrages ne sont pas conformes au Règlement,
pour la première fois ils seront confisqués, et attachés à un poteau, avec un carcan, avec le nom de
l'ouvrier au-dessus, pendant vingt-quatre heures ;
pour la seconde fois, pareille peine, et l'ouvrier sera
blâmé ; pour la troisième fois, il y sera attaché lui-
même. Un auteur, qui a cité ce Règlement, a dit avec
juste raison que cette loi semblait être traduite du ja-
ponais.

si Colbert s'est égaré dans la marche qu'il a suivie, si ses erreurs nous ont été fatales, que lui reste-t-il ? Colbert, aux yeux d'un philosophe, ne sera plus qu'un homme dur et laborieux, qu'un ardent fauteur du despotisme, qui a fait résider dans un seul homme une nation entière; et il pourrait lui appliquer cette phrase de Tacite : « *Satisfait de la faveur d'un seul, il bravait la haine de tous.* » Le peintre, le sculpteur qui n'aurait jamais vu d'hommes dans une situation violente, ne pourrait représenter des guerriers animés au combat. Un écrivain de nos jours qui a vécu au milieu d'une société qui n'offre rien de marqué, dans un gouvernement où des intrigues obscures ont déterminé les plus grands événements, n'a pas de grands tableaux à peindre. La plupart des hommes qu'on voit sur la scène n'ont que des passions communes; les mêmes idées règnent dans les esprits qui semblent tous de la même trempe. Supposons Tacite vivant sous le règne de Louis XIV, et examinons ce que ce siècle imposant aurait offert à cet homme enflammé de l'amour de la vertu, à ce profond politique, à ce juste et rigoureux appréciateur des actions humaines. Il aurait vu une cour où régnait un luxe asiatique, des courtisans prosternés, un roi enivré de lui-même, des conquêtes rapides à force d'hommes et d'argent, des beaux esprits vendus à la faveur, des peuples foulés par les impôts, des favoris sans mérite, des ministres despotiques, des maîtresses célèbres par la hardiesse du scandale et la profusion des trésors de l'État ; le vice revêtu de formes séduisantes et couvert du voile de la galanterie ; ensuite des faiblesses superstitieuses, des campagnes désastreuses, des ministres ineptes, des généraux incapables, des querelles religieuses ; enfin il aurait vu une grande nation revenue de l'enchantement d'un magnifique spectacle, dont la dépense l'a ruinée, pour tomber dans le 'plus grand affaissement (1). Une telle histoire doit être écrite par un homme d'un génie facile, plus remarquable par le brillant coloris de son style que par la vigueur des pensées et la profondeur des

(1) Un tel tableau du règne de Louis XIV paraîtra d'abord une sanglante satire de ce prince et de ses ministres ; mais il faut observer que je n'ai voulu que montrer l'aspect sous lequel se serait présenté son règne à un auteur qui dit lui-même qu'on ne doit écrire que pour dévouer à l'admiration de la postérité les actions vertueuses (et même les discours), et le vice à son indignation ; qui ne voit enfin dans ceux qui gouvernent que les instruments de la félicité du peuple, et les juge dans ce seul rapport. Aux yeux de l'homme attentif et impartial, Louis XIV sera toujours véritablement grand par la réunion des plus rares qualités, et c'est autant l'erreur de son siècle que la sienne, s'il a tout sacrifié à sa gloire et à la magnificence. La France aveuglée s'enorgueillissait de ses triomphes et de la splendeur de sa cour.

sentiments ; par un homme amoureux de
l'éclat, séduit par la plus parfaite repré-
sentation théâtrale d'un monarque ; par un
auteur enchanté du progrès de l'esprit et
des arts, qui se plaît à décrire des fêtes
brillantes, à raconter de rapides conquêtes,
et qui détourne ses yeux de la misère des
peuples et du sang qui a coulé pour les
triomphes de la vanité (1).

Il était dans les âmes romaines un plus
haut degré de force, une plus grande violence de passions. Ce courage tranquille
qui faisait braver la mort contemplée de
sang-froid, et le suicide comme le dénoue-
ment d'une intrigue, ne se trouve plus
chez les nations modernes. On l'a attribué
en partie aux principes des Stoïciens, à la
doctrine du fatalisme ; mais il faut joindre
à ces causes les troubles qui ont si longtemps agité Rome, les proscriptions, l'ha-

(1) On a reconnu Voltaire. (Note de l'édit.)

bitude des spectacles des gladiateurs et des combats d'hommes avec des bêtes féroces. Ces scènes sanglantes familiarisaient avec l'idée de la mort, et devaient entretenir dans les esprits une résignation habituelle ; enfin leur religion ne troublait pas l'imagination par la terreur d'une éternité de peines ; leur croyance était vague, ils étaient plus superstitieux que religieux : concentrés dans cette vie qui était tout pour eux, ils ne voyaient dans la mort que le repos après l'agitation. Il n'est point d'histoire qui n'offre des exemples nombreux de personnes qui ont souffert une mort cruelle avec fermeté ; mais le spectacle d'une multitude qui ranime l'amour-propre et le courage, la fureur qui enivre les sens et suspend la douleur, le ciel qui s'entr'ouvre à la foi ardente, ont soutenu la plupart des infortunés dans les temps modernes. La mort de Sénèque, de Lucain, de Thraséa, est d'un autre genre, et exige une résolution plus ferme, un courage d'âme plus rare. Un père de famille, un époux, un citoyen opulent, est tranquille au milieu des siens, de ses amis rassemblés dans un magnifique palais ; une foule d'esclaves et d'affranchis est empressée d'obéir à un coup d'œil ; il semble un souverain environné de ses sujets. Un centurion arrive et lui dit : « L'Empereur vous ordonne de mourir, et vous laisse le choix de votre mort. » On ne porte point la main sur lui, il n'est point enchaîné, et son courage n'est pas réveillé par la force qu'on emploie et par sa propre résistance ; c'est le destin qui a parlé ; et c'est le maître de ce palais qui doit, au sein des délices et de l'opulence, fixer le moment de sa mort, celui auquel il s'arrachera volontairement à cette femme en pleurs, à ces amis consternés, à ces enfants désespérés. Le temps

presse, ils craignent de l'interroger, ils
n'ont pas la force de rester, et leur ten-
dresse ainsi que leur devoir ne leur permet pas de se dérober à un si douloureux
spectacle. Chaque ordre qu'il donne a
pour objet la mort ; et ces ordres, il les
donne de sang-froid, comme s'il se pré-
parait pour un voyage. Ses esclaves atten-
dent ses dernières volontés, et une partie
cherche à lire sur son visage l'annonce de
la liberté; il les console, il en affranchit
plusieurs. Ce médecin dont l'art et les
soins sont consacrés à la conservation de
ses jours, c'est lui qu'on appelle pour les
abréger; ils délibèrent ensemble sur la mort
la plus prompte et la moins douloureuse
avec plus de calme qu'ils n'ont parlé la
veille d'un régime pour prévenir une in-
firmité. La maison est investie ; des sol-
dats se font entendre dans le vestibule, ils
se font voir, et leurs regards curieux ap-

prennent qu'ils épient le moment où ils pourront annoncer que le maître n'est plus. Mille hommes sont autour de lui, ils peuvent le secourir, et aucune violence cependant ne se fait apercevoir (1). L'heure enfin est venue, le sang coule.de ses veines par son ordre, et il expire plein de vie, de sentiment et de pensée (2).

J'ai souvent cherché quel était l'écrivain de nos jours qui avait le plus de rapport

(1) M. de Meilhan écrit en homme du monde et en amateur; sa pensée reste quelquefois douteuse et inachevée. Le sens de cette phrase, si on la lit comme dans le texte de 1790, est équivoque; il devient plus clair en y changeant un mot. J'ai d'abord hésité à faire ce changement, et je ne m'y suis décidé que parce qu'il m'est évident par d'autres passages que M. de Meilhan n'avait pas revu de près ses épreuves. (Note de l'édit.)

(2) M. de Meilhan avait beaucoup réfléchi sur la mort, sur la manière de l'accueillir ou de se la donner. Il n'était point du tout d'avis que cette dernière façon d'agir prouvât le moins du monde de la pusillanimité. Il a remarqué quelque part qu'il est peu de circonstances où l'on puisse taxer de faiblesse la réso-

avec Tacite, et il me semble que le cardinal de Retz est le seul qu'on puisse lui
comparer. Tous deux sont doués éminem-
ment du génie politique, tous deux portent
d'un trait rapide la lumière dans les pro-
fondeurs du cœur humain, rassemblent,
démêlent et séparent les principes des actions; tous deux ont eu de grands hommes
à peindre, et les ont peints des plus fortes

lution d'une mort volontaire. Il était en cela de
l'opinion de Saint-Évremond. Il est devenu de mode,
parmi les modernes, d'attribuer les suicides en général à un accès de folie, à un transport au cerveau.
L'humanité se juge elle-même si aimable, qu'elle
estime qu'il n'y a qu'un fou qui puisse être tenté de
rompre avec elle et avec la vie. Le christianisme n'a
pas nui à inspirer cette horreur et cette terreur de la
fin. M. de Meilhan, guéri de tout christianisme, était
revenu sur cet article à la doctrine des Anciens, et
il était disposé à admirer les morts volontaires, ou
même les morts simplement concertées et réfléchies,
lorsqu'elles étaient, comme dans le cas des personnages de Tacite, des arrêts réglés d'avance et or-
donnés, qu'exécutaient sur eux-mêmes, de sang-froid
et avec constance, des stoïques ou des voluptueux.
(Note de l'édit.)

couleurs; tous deux ont eu part aux plus grandes affaires, et se sont trouvés à portée de connaître ceux dont ils ont tracé les portraits et rapporté les actions (1). L'a-

(1) Différents traits pris au hasard dans les *Mémoires* de Retz serviront de preuve à ce que j'avance :

« (Au nombre et dans le rang des qualités nécessaires à former un bon chef de parti) la résolution marche de pair avec le jugement : je dis avec le jugement héroïque, dont le principal usage est de distinguer l'extraordinaire de l'impossible. »

— « La mode, qui a du pouvoir en toutes choses, ne l'a si sensible en aucune, qu'à être bien ou mal à la Cour. Il y a des temps où la disgrâce est une manière de feu qui purifie toutes les mauvaises qualités et qui illumine toutes les bonnes. Il y a des temps où il ne sied pas bien à un honnête homme d'être disgracié. »

— « (La reine.) On ne l'avoit vue que persécutée, et la souffrance, aux personnes de ce rang, tient lieu d'une grande vertu. On se vouloit imaginer qu'elle avoit eu de la patience, qui est très-souvent figurée par l'indolence. »

— « (Le cardinal de Richelieu.) Il distinguoit plus judicieusement qu'homme du monde entre le mal et

mour de la vertu, l'horreur du vice, n'é-
clatent point dans le cardinal de Retz
comme dans Tacite ; et si je trouve du
rapport dans leurs pensées, il n'en est point
entre un citoyen vertueux et un prélat
factieux et déréglé. Cette différence qui se

le pis, entre le bien et le mieux : ce qui est une grande
qualité à un ministre. »

— « (Le cardinal de Mazarin.) Il prévoyoit assez
bien le mal, parce qu'il avoit souvent peur ; mais il
n'y remédioit pas à proportion, parce qu'il n'avoit
pas tant de prudence que de peur. »

— « Le cardinal de Richelieu avoit affecté d'abais-
ser les Corps ; mais il n'avoit pas oublié de ménager
les particuliers. »

— « Auprès des princes, il est aussi dangereux et
presque aussi criminel de pouvoir le bien que de
vouloir le mal. »

— « Les plus grands dangers ont leurs charmes,
pour peu que l'on aperçoive de gloire dans la per-
spective des mauvais succès : les médiocres dangers
n'ont que des horreurs, quand la perte de la réputation est attachée à la mauvaise fortune. »

— « L'esprit, dans les grandes affaires, n'est rien
sans le cœur. »

trouve entre leurs âmes ne permet pas
que le style du cardinal ait la même force :
ils ne me paraissent ressemblants que par
la profondeur des vues politiques et de
leurs observations morales. Tacite , si
j'ose le dire, a fixé les limites de l'esprit
humain. Sans faire de traité sur aucun

— « D'héroïne d'un grand parti, elle (madame de
Longueville) en devint l'aventurière. »

— « Le pouvoir dans les peuples est fâcheux, en
ce qu'il nous rend responsables même de ce qu'ils
font malgré nous. »

— « (Je vous ai dit plusieurs fois) que toute Compagnie est peuple, et qu'ainsi tout y dépend des
instants. »

— « Les peuples sont las quelque temps avant de
s'apercevoir qu'ils le sont. »

— « En matière de sédition, tout ce qui la fait
croire l'augmente. »

— « Il est moins imprudent d'agir en maître que
de ne pas parler en sujet. »

— « Rien ne marque tant le jugement solide d'un
homme, que de savoir choisir entre les grands incon-
vénients. »

— «... Et voilà le destin des pouvoirs popu-

objet, il les a tous approfondis; il a mis les
hommes en action sur la grande scène de
l'Empire romain, et à mesure qu'on les
voit agir, sa main habile découvre tous
les ressorts de leur conduite; sa pensée
concise se grave dans la mémoire par le

laires; ils ne se font croire que quand ils se font sentir; et il est très-souvent de l'intérêt et de l'honneur
de ceux entre les mains de qui ils sont, de les faire
moins sentir que croire. »

— « (Je me ressouvins de ce que j'avois observé
quelquefois), que tout ce qui paroît hasardeux et ne
l'est pas, est presque toujours sage. »

— « Rien ne persuade tant les gens qui ont peu
de sens, que ce qu'ils n'entendent pas. »

— «... Les familles médiocres qui sont toujours
les plus redoutables dans les révolutions. »

— « (J'observai alors que), quand la frayeur est
venue jusques à un certain point, elle produit les
mêmes effets que la témérité. »

— (J'ai dû, dans la note précédente de M. de
Meilhan, rétablir sur plus d'un point le texte exact de
Retz, avec lequel il avait pris bien des libertés. —
Note de l'édit.)

tour heureux et la brièveté de la phrase ; enfin, l'espèce d'obscurité qui naît de la profondeur et de la précision excite la curiosité et commande l'attention.

Lorsque j'entends caractériser le siècle actuel de *siècle de lumières*, je dois croire que ceux qui parlent ainsi n'ont pas lu les ouvrages de Tacite. En effet, quelle découverte peut être faite après lui en morale et en politique, dans ces deux sciences qui n'en font qu'une par leur accord intime ? On trouve dans Tacite les principes de tous les gouvernements et les ressorts qui font mouvoir le cœur humain. Il ne serait pas plus vrai de vanter les lumières du dix-huitième siècle, parce qu'elles seraient plus répandues. Les citoyens romains, appelés par l'égalité républicaine à tous les emplois, formaient un plus grand nombre de gens éclairés et instruits. Il y avait des écoles publiques pour l'éloquence,

et chaque citoyen, s'empressant de s'asso-
cier à une secte de philosophie, exerçait
son esprit par la discussion des principes
d'une morale plus ou moins austère. Cette
rapide propagation d'idées que nous de-
vons à l'imprimerie ne sert qu'à égarer
le goût et tromper le discernement. Elle
doit remplir les esprits de notions impar-
faites, et dégoûter l'homme de génie qui
désespère de voir surnager ses ouvrages
dans cet océan d'écrits qui se pressent,
s'élèvent comme les flots et retombent dans
l'abîme de l'oubli. La satire seule excitera
un jour la curiosité, et les esprits blasés
ne seront réveillés que par la malignité des
railleries ou la véhémence des déclama-
tions. Le débordement des écrits sera pour
l'esprit et la pensée ce qu'est la dé-
bauche à l'amour. Aucun siècle ne peut
nous instruire à cet égard : il est dans les
temps modernes des causes de prospé-

rité et de révolutions, inconnues aux Anciens. La découverte de l'imprimerie et celle de l'Amérique doivent faire le sort du monde.

enac de Meilhan mourut à
Vienne le 16 août 1803; il s'y
était retiré depuis quelques
années; il avait soixante-sept ans,
mais il était homme de tout temps à
cacher son âge. Il était très-goûté à
l'étranger. Il avait rencontré un vrai
Français, un vrai voisin de Versailles
dans le prince de Ligne, qui lui écrivait, sur la fin, cette jolie lettre, tout
à la Narbonne. Elle mérite d'être
donnée en entier, car elle nous offre
avec ses vivacités, ses ellipses, ses
transitions de fantaisie, ses sautille-

ments et ses pointes, le portrait moral
le plus fidèle de M. de Meilhan.
Après avoir lu cette lettre, il semble
qu'on l'ait vu, et le prince de Ligne
aussi.

LETTRE

DU

PRINCE DE LIGNE A M. DE MEILHAN

A VIENNE

———

GRONDEZ-MOI, j'ai prêté, l'on m'a pris ou j'ai perdu votre excellent ouvrage sur le luxe (1); mais vous en avez tant en idées que, si vous recommencez, les nouvelles venant se

(1) *Considérations sur les Richesses et le Luxe*, 1787.

joindre aux anciennes rendront ce traité
encore plus sublime. Vous faites, mon
cher ami, vous êtes l'arrière-garde de la
belle littérature française, et il faut que
vous ayez été aussi paresseux de corps
que peu paresseux d'esprit pour n'avoir
pas été de l'Académie. Avec les Noailles,
les Choiseul, les Grammont, les Beau-
vau et très-peu de mérite, vous en
auriez été. Vous auriez fait le discours
de ce dernier pour votre réception. Mais,
sans en avoir l'air, vous êtes plus occupé
des autres que de vous ; vous ne vous aimez qu'un moment, vous êtes fou de ce
que vous avez écrit le matin, et le soir
vous n'y pensez plus. Vous êtes un van-
tard d'égoïsme et un esprit fort d'insensi-
bilité. Je vous ai fait pleurer pour moi et
vu pleurer pour d'autres. Vous paraissez
un diable pour vos deux fils ; quand vous
êtes en colère, vous voulez rosser l'aîné à

coups de canne : une lettre de leur part ,
ou une de leurs visites inattendue vous pé-
nètre de joie et de reconnaissance. Vous
êtes pauvre et avare, vous leur donnez ce
que vous pouvez avant qu'ils vous le de-
mandent ; et avec vos yeux d'aigle pénétrants vîtes-vous un aventurier, vous lui
proposiez une petite assistance de peur de
vous être trompé sur son compte. Votre
fort est la vengeance ; vous souvenez-vous
de celle que vous préméditiez du duc de
Polignac, pour ce que vous aviez entendu
de travers? Vous vouliez faire une nouvelle
édition du tome où vous lui rendiez justice ainsi qu'à sa famille, et j'ai vu le moment que, si vous l'aviez fait, c'eût été
pour en dire encore plus de bien.

Avec l'air de mépriser tous les détails,
es regardant au-dessous de vous, il n'y en
avait pas un de votre intendance de Valenciennes qui vous échappât, et vous ra-

contez très-plaisamment ce que c'est que
de travailler légèrement, quand M. de Calonne écrivait, sur le coin de la tablette
d'une cheminée, sur ce que vous aviez
été vingt-quatre heures à penser.

Connaissant mieux votre nation et la
Cour que lui, vous n'auriez jamais assem-
blé les Notables, qui auraient pu être une
bonne chose sous un autre Gouvernement;
et c'est vous qui aviez dit au baron de
Breteuil ce grand mot au sujet du premier
club, que ce n'était pas une plante monar-
chique.

J'avais fait tout au monde pour le raccommoder (*M. de Breteuil*) avec M. de Calonne, prévoyant, par le froid que cette scis-
sion mettait dans la société de la reine, des
résultats bien fâcheux pour l'État. Le premier connaissait trop peu les hommes, et
le dernier les connaissait trop : cela rend
méfiant. Ce que M. de Calonne faisait pour

être bien avec le baron passait pour un piége auprès de lui, et le moins haineux le devient dès qu'on le prend pour tel.

J'aime mieux votre prétention au grand caractère, qui ne vous empêche pas d'être le meilleur des hommes. Vous vous cherchez des obligations à avoir, car de même que « *Je suis implacable,* » dites-vous, vous ajoutez : « *Je n'oublierai jamais vos visites à mon quatrième,* » que vous appelez l'amitié à l'épreuve, et vous ne savez pas que vous m'êtes nécessaire pour me remonter. Vous êtes de l'éther pour moi.

Votre nation, en général, n'est point haineuse; elle aime à flatter et à être flattée : on ne connaît pas de milieu entre l'épigramme et le madrigal. Un mot que j'ai entendu un jour sur M. de Choiseul au foyer de la Comédie française m'a fait plaisir ; un homme de mauvaise humeur disait du mal du vilain petit manchot La Vrillière,

et quelqu'un lui dit : « Si vous en avez à
dire d'un ministre, parlez sur le compte de
M. de Choiseul; cela ne lui fera pas la
moindre chose. » — « Que M. d'Aiguillon
et M. de Maupeou se mangent le jaune des
yeux, dit-il une fois (*M. de Choiseul*),
qu'est-ce que cela me fait? »

J'aime votre cynisme, qui vous est venu
sans que vous vous en doutiez. Devenu
moins beau, monsieur, par l'âge et moins
fat par vos occupations magistrales ou
littéraires, vous ne vous apercevez pas à
quel point vous êtes mal tenu. Vous êtes
en homme du monde ce qu'était mon Père
Griffet en homme d'église. Je faisais des
reproches à son laquais de ce qu'il le lais-
sait sortir avec sa vieille soutane brodée
en tabac d'Espagne. « Voulez-vous que je
vous dise ce que je pense? me répondit cet
homme; croyez-moi, hors sa science, il ne
sait rien. »

Voilà un homme que j'ai bien regretté. Je suis désolé de n'avoir pas écrit ses anecdotes et ses apophthegmes de la compagnie de la Cour plutôt que de la Compagnie de Jésus; il savait et raisonnait plus de choses sur les trois derniers règnes que le duc de Saint-Simon et le valet de chambre La Porte (1).

Sortez donc quelquefois, mon cher ami. Si je pouvais être tous les jours chez vous avec un récipiendaire (*récipient*) pour toutes les idées que vous jetez en l'air, je ne demanderais pas mieux; mais vous jetez bien des perles aux pieds de ces messieurs qui vont chez vous.

Vous vous croyez trop faible pour sortir

(1) On ne lit pas assez l'excellente *Histoire du règne de Louis XIII*, par le Père Griffet. Ce savant jésuite, doué au plus haut degré du sens historique et critique, après la suppression de son Ordre en France, était allé vivre à Bruxelles, où il faisait les délices du prince de Ligne. Il y mourut en 1771. (Note de l'édit.)

de votre lit, et vous y faites, si la conver-
sation est animée, des sauts d'anguille ; on
croit être à votre chevet et, vous retour-
nant comme Crispin médecin, on se trouve
à vos pieds.

C'est bien fait à vous d'avoir eu cent
louis, de M. Crawfurd pour votre manu-
scrit ; il a aussi le bon esprit de faire grand
cas de vous. Vendez-vous par pièces et
par morceaux, puisque vous ne finissez
rien (1). Par exemple, pour la Russie,
vous êtes un vrai historiographe, car Ra-
cine, Boileau, qui en portaient le nom, ne
l'ont point été. Grâce à Catherine la grande,
vous étiez en bon train, et vous vous êtes
arrêté. — Et votre maréchal de Richelieu?

(1) M. Crawfurd ou Craufurd publia en 1809 trois
volumes sous le titre d'*Essais sur la littérature française, ou Mélanges d'histoire et de littérature*. Beaucoup de pièces qui s'y trouvent paraissent provenir
du portefeuille de M. de Meilhan. (Note de l'édit.)

Dieu sait en quelles mains il se trouve à Hambourg.—Et vous qui n'êtes point méchant, comment l'avez-vous été sur le compte d'un homme qui ne l'a point été ? M. Necker n'a jamais dit du mal; le pire qu'on peut dire de lui, c'est qu'il n'a point connu les souverains et les Français, et qu'il s'est et a été trompé. Voyez le père, l'époux, le voisin et l'ami dans sa vie privée, et repentez-vous.

Je vous passe vos colères contre le grand Condé, mort depuis longtemps, avec qui j'ai voulu en vain vous raccommoder. Ses sottises pendant la Fronde n'étaient que des écarts de génie; ce n'était pas à cela qu'on a pu attribuer la seule, mais forte, de M. de Turenne (1). Voulez-vous un peu de mon Griffet? C'est lui qui m'a chanté

(1.) M. de Turenne se laissa séduire, à Stenai, en 1650, par les beaux yeux de madame de Longueville. (Note de l'édit.)

4

ces deux couplets-ci, à l'occasion d'une tempête sur la Loire où M. le Prince manqua de périr avec M. de La Moussaye :

Care amice Mousseus !
Ah ! deus bone, quod tempus !
Lon lanla de rirette.
Imbre sumus perituri,
Lon lanla de riri.

La Moussaye répondit tout de suite avec la même gaîté dans ce danger :

Securæ sunt nostræ vitæ,
Sumus enim sodomitæ,
Lon lanla de rirette,
Igne tantum perituri,
Lon lanla de riri.

Vous m'avouerez que c'étaient des gens de bonne compagnie et de présence d'esprit.

Écrivez des souvenirs, des mémoires de votre jeunesse, ministériels et de Cour et de société ; — vos brouilleries et vos raccommodements de Rheinsberg, la vie pri-

vée et militaire du prince Henri, ses valets
de chambre comédiens français, ses hou-
sards matelots, ses chambellans philoso-
phes; et puis les Zaporogues, et les évêques
du prince Potemkin; et ensuite vos con-
versations avec le prince de Kaunitz; —
ce sera un ouvrage charmant.

Un flatteur vous dira que vous auriez
fait tout ce que vous auriez voulu du grand
Frédéric; un quart d'heure après les premiers
compliments et marques de considération
réciproque, vous vous seriez déplu l'un à
l'autre; votre regard perçant l'aurait incom-
modé; il vous aurait bien parlé guerre, ce
que vous n'aimez pas (je ne sais pourquoi),
et mal finances; vous lui auriez jeté un
regard d'improbation et dit deux ou trois
mots là-dessus; il vous aurait contredit
avec la plus grande politesse et une mine
douce que vous auriez prise pour un per-
viflage; il vous aurait parlé des Français
qui ont été à sa Cour et dans son intimité;

vous lui auriez dit que c'étaient des sots,
excepté M. de Voltaire, car il y en a beau·
coup en France par défaut de tact encore
plus que faute d'esprit ; mais, excepté
deux ou trois grandes maisons, où l'on est
bête de père en fils, il y en a moins dans
ce pays-là que dans les autres. Vous n'auriez dîné qu'une seule fois chez le roi,
parce que vous auriez fait la grimace à un
plat infernal en ambre, cannelle, girofle et
muscade ; vous étiez homme à dire le vers
de Boileau. Vous auriez bien fait de de-
mander des chevaux de poste, et, s'il avait
su que son neveu dût vous donner une de
ses tabatières favorites, il l'aurait plutôt
mise en pièces (1).

Vous n'auriez convenu qu'à moi, si, au

(1) Le roi Frédéric-Guillaume, qui vit M. de
Meilhan à son passage lorsqu'il se rendait en Russie,
l'avait traité avec distinction et lui avait fait présent
d'une boîte richement garnie en diamants de diverses
couleurs, qui avait été portée par le grand Frédéric.
(Note de l'édit.)

lieu d'être un petit souverain de quatre ou cinq lieues en carré, j'en avais été un grand. Vous auriez été en moitié ministre penseur comme à la Chine, moitié administrateur. En mettant votre esprit juste, élevé et profond sur une plus grande échelle, il n'y a pas de doute de l'effet de vos prodigieuses lumières et connaissances. En attendant, laissons faire et dire bien des sottises autour de nous. Ce n'en est pas une de nous être si amicalement et tendrement attachés l'un à l'autre pour toute notre vie.

(Tiré du *Nouveau Recueil de lettres du feld-maréchal prince de Ligne, en réponse à celles qu'on lui a écrites.* Weimar, 1812, 2 vol. in-8.— Cette lettre est au tome Ier, p. 57.)

Achevé d'imprimer

pour

L'ACADÉMIE DES BIBLIOPHILES

PAR D. JOUAUST, SON IMPRIMEUR

le 15 avril

M DCCC LXVIII